Ι Χ Θ Υ Σ

[ICTUS]

Ἰησοῦς Χριστὸς Θεοῦ Υἱὸς Σωτήρ

Jésus Christ, Fils de Dieu, Sauveur

L. BORZA - B. MARTINEAU

ICTUS

LA FILLE DU TEMPLE

d'après *L'Évangile tel qu'il m'a été révélé* de Maria Valtorta

Scénario et dialogues
Luc Borza

Dessin
Bruno Martineau

Couleurs
Guillaume Bonamy

EMV

Cette publication contient des extraits de l'œuvre *L'Évangile tel qu'il m'a été révélé* de Maria Valtorta et a été autorisée par la *Fondazione Maria Valtorta CEV* qui détient tous les droits sur les œuvres publiées en Italie et dans le monde entier.

Fondazione Maria Valtorta CEV - à but non lucratif
Piscicelli Avenue 91, 03036 Isola del Liri, Italie
www.fondazionemariavaltortacev.org

40, place des Fontaines - Capelle - 12850 Onet-le-Château

Dépôt légal : janvier 2015
ISBN 978-2-36463-366-7
Imprimé et relié en Belgique en décembre 2015 par Lesaffre.

À NAZARETH, EN GALILÉE.
TOC TOC
ANNE, JE VAIS AU PUITS, VEUX-TU ME DONNER TON AMPHORE ? JE TE LA REMPLIRAI.
TOUJOURS BONNE, TOI AVEC LA VIEILLE ANNE.

ALPHÉE !
LAISSE-LE MOI, ÇA NE M'ENNUIE PAS.
AINSI, JE SERAI PLUS RAPIDE À REMPLIR LES JARRES.
QUE DIEU TE RÉCOMPENSE EN CE PETIT ALPHÉE ET DANS TOUS LES ENFANTS QUE TU AURAS.
HEUREUSE ES-TU.
MANGE, C'EST BON.
ET MAINTENANT ?
ET SI JE TE DONNE DES GALETTES DE MIEL, QUE ME DONNERAS-TU ?
DES BAISERS, JE T'EN DONNERAI PLEIN ! ANNE BELLE !
ANNE GENTILLE !
ANNE MAMAN !
OH MA JOIE !
CHER À MON CŒUR, MON BAUME.

JE LES AI FAITES POUR TOI ! MAIS DIS-MOI, COMMENT M'AIMES-TU ?
COMME LE TEMPLE DE SALOMON !
ET POUR MOI, RIEN ?
!
?
Ô JOACHIM, TU AS FINI TON TRAVAIL ?
TIENS, MAIS ATTENDS QUE J'EN FASSE DES PETITES BOUCHÉES. ELLE EST PLUS GROSSE QUE TOI !

MAIS REGARDE DONC CES YEUX, JOACHIM !
ET CES CHEVEUX D'OR ET DE CUIVRE ! COMME ILS SONT BEAUX.
SI NOUS AVIONS EU UN ENFANT, C'EST COMME ÇA QUE JE L'AURAIS VOULU.
IL FAUT ENCORE ESPÉRER.
DIEU PEUT TOUT. TANT QU'ON EST VIVANT, LE MIRACLE PEUT SURVENIR.
SURTOUT QUAND ON L'AIME ET QUE L'ON S'AIME.
NE PLEURE PAS, ANNE ! NOUS SOMMES HEUREUX TOUT DE MÊME.
MOI JE LE SUIS CAR JE T'AI, TOI !
JE SUIS HEUREUSE. MAIS JE NE T'AI PAS DONNÉ D'ENFANT...
J'AI DÉPLU AU SEIGNEUR, PUISQUE MON SEIN EST RESTÉ INFÉCOND.
Ô MON ÉPOUSE !
EN QUOI VEUX-TU LUI AVOIR DÉPLU, SAINTE COMME TU ES ? ALLONS ENCORE AU TEMPLE, FAISONS UNE LONGUE PRIÈRE...
PEUT-ÊTRE T'ARRIVERA T-IL LA MÊME CHOSE QU'À SARA ? ELLE A LONGTEMPS ATTENDU ET SE CROYAIT REJETÉE...
MAIS DANS LE CIEL, UN SAINT SE PRÉPARAIT : ISAAC.
NE PLEURE PAS, ANNE. TON CHAGRIN M'EST PLUS DOULOUREUX QUE DE N'AVOIR PAS DE DESCENDANCE...
NOUS PORTERONS ALPHÉE AVEC NOUS ET DIEU EXAUCERA SA PRIÈRE.
FAISONS UN VOEU AU SEIGNEUR, IL SERA À LUI, NOTRE ENFANT.
POURVU QU'IL NOUS LE DONNE...
OH, L'ENTENDRE M'APPELER MAMAN !
MAIS MOI, JE T'APPELLE DÉJÀ MAMAN !
OUI, MON CHÉRI... MAIS TOI, TU AS DÉJÀ UNE MAMAN À TOI !

POUR LA FÊTE DE SOUKKOT, À CÔTÉ DE JÉRUSALEM.
UN BEL OCTOBRE, COMME ON EN VOIT RAREMENT !
PAPA !

?
WAAAH !
CE N'EST RIEN ! IL A EU TRÈS PEUR. C'EST UN BEL ENFANT ! QUEL ÂGE A-T-IL ?
TROIS ANS.
C'EST LE DERNIER, J'AI SIX GARÇONS ET D'ICI PEU UN AUTRE... JE VOUDRAIS UNE FILLE, C'EST IMPORTANT POUR UNE MAMAN.
NOUS SOMMES PAUVRES, MAIS NOS ENFANTS SONT NOTRE JOIE. DÉJÀ LES GRANDS NOUS AIDENT AU TRAVAIL. ET TOI, COMBIEN EN AS-TU ?
AUCUN.
LE TRÈS-HAUT T'A BIEN CONSOLÉE !
LES TIENS SONT MORTS ?
JE N'AI JAMAIS EU D'ENFANTS.
ET CELUI-LÀ, IL N'EST PAS A TOI ?
...

JE T'AI FAIT ATTENDRE, JOACHIM. JE ME SUIS ENTRETENUE AVEC UNE PAUVRE FEMME, MÈRE DE SIX GARÇONS, PENSE DONC !
ET BIENTÔT, UN AUTRE...
LE SEIGNEUR NE T'A PAS SECRÈTEMENT PARLÉ AU CŒUR ?
UN SONGE SEULEMENT.
J'AI RÊVÉ QUE L'AN PROCHAIN JE VIENDRAIS ICI POUR DEUX DEUX FÊTES : CELLE-CI, COMME CHAQUE ANNÉE, PUIS LA PRÉSENTATION DE NOTRE CRÉATURE AU TEMPLE.
TU L'ENTENDRAS, PAR LA VOIX DE L'INNOCENCE QUAND NOTRE ENFANT SE RETOURNERA EN TON SEIN.
DEMAIN, C'EST LE DERNIER JOUR. NOUS RENOUVELLERONS NOS OFFRANDES. PAR LA FIDÉLITÉ DE NOTRE AMOUR, NOUS GAGNERONS LE CŒUR DE DIEU.
DIEU LE VEUILLE... ET QUE JE PUISSE VITE ENTENDRE UNE VOIX ME DIRE : "VA EN PAIX, LE TOUT PUISSANT T'A ACCORDÉ LA GRÂCE QUE TU LUI DEMANDAIS".
7

TEMPLE DE JÉRUSALEM
ANNE, IL EST TARD,
NOUS DEVONS Y ALLER.
ENCORE UN PEU, S'IL TE PLAIT.
CE QUE TU AS DEMANDÉ...
VA VENIR EN TOI.

UNE ÉTOILE QUI SCINTILLE, UNE JEUNE VIE INNOCENTE. C'EST LA JOIE DANS LA MAISON. LOUANGE À DIEU, QUI A EU PITIÉ DE MOI.
SA LUMIÈRE ME L'A ANNONCÉ : UNE ÉTOILE VIENDRA VERS MOI. GLOIRE AU TRÈS-HAUT ! C'EST À LUI QUE SERA CET ENFANT.
SAINT ET PUR CAR C'EST UN DON DE DIEU.
PAR LUI ARRIVE JOIE ET PAIX SUR LA TERRE.
VOLE, NAVETTE, TISSE LA TOILE DE L' ENFANT.
TU ES HEUREUSE, ANNE ? QUEL EST CE CHANT QUE JE NE CONNAIS PAS ?
IL VIENT DE MON CŒUR, JOACHIM.
DU FOND DU JARDIN, J'AI ENTENDU TA VOIX ET JE SUIS VENU.
CELA FAIT TANT D'ANNÉES... PEUX-TU CHANTER POUR MOI ?
OUI. SI TU NE ME L'AVAIS PAS DEMANDÉ, JE L'AURAIS FAIT QUAND MÊME !
LES FILS D'ISRAËL ONT TOUJOURS CONFIÉ AUX CHANTS LES CRIS LES PLUS VRAIS DE LEURS VIES !
SA GRÂCE M'A VISITÉE, BIENHEUREUSE. ELLE PORTE UN FRUIT DES PLUS
LA VIEILLE PLANTE A REFLEURI ET JE SUIS MA CHAIR AU PRINTEMPS DONNE LA VIE. SON FRUIT. SUR CETTE BRANCHE EST UNE FLEUR, DOUX, UNE ÉTOILE QUI SCINTILLE...
JE SUIS MÈRE, MON AIMÉ !
...

ET TU NE ME LE DIS QU'AUJOURD'HUI ?
C'EST QUE JE VOULAIS EN ETRE SÛRE.
VIEILLE COMME JE SUIS JE NE POUVAIS LE CROIRE...
N'EST-CE PAS LE LIN QUE TU AS ACHETÉ À JÉRUSALEM ?
ET TU VOIS, CETTE TOILE EST DÉJÀ POUR CELUI QUI VA ARRIVER BIENTÔT.
TU AVAIS VU JUSTE EN ME REGARDANT COMME LA NOUVELLE ANNE D'ELQANA.
DEPUIS QUAND LE SAIS-TU ?
VERS LA FIN DE DÉCEMBRE, J'AI SENTI COMME UN RAMEAU POUSSER DANS MES ENTRAILLES.
ET TU NE M'AS RIEN DIT ?
10
JOACHIM, JE NE VOULAIS PAS TE CAUSER DE DÉCEPTION PLUS AMÈRE.
SENS SES CARESSES COMME ELLES SONT DOUCES.

TROIS MOIS PLUS TARD...
C'EST MIEUX AINSI ?
QUELQUE CHOSE NE VA PAS ?
OUI...
TU SEMBLES INQUIÈTE.
VIENS T'ASSEOIR À MES CÔTÉS.
COMMENT L'APPELLERONS-NOUS ?
AH. SI C'EST UN GARÇON, SAMUEL.
ET SI C'EST UNE FILLE ?
ÉTOILE...
C'EST LE MOT QUI A TERMINÉ TON CHANT.
ÉTOILE...
NOTRE ÉTOILE... JE PENSE QUE CE SERA UNE FILLE. À CAUSE DE SES CARESSES.
JE NE LA PORTE PAS, C'EST ELLE QUI ME PORTE.
JE ME SENS FORTE, JEUNE ET FRAICHE, COMME LORSQUE JE T'AI DONNÉ MA VIRGINITÉ À L'ÉPOQUE DE MA JEUNESSE.
ALORS NOUS L'APPELLERONS MARIE, CELLE QUI ÉLÈVE.
C'EST LE NOM DE LA PREMIÈRE GRANDE FEMME D'ISRAËL.
IL Y A DE L'AMERTUME DANS MARIE, DE LA TRISTESSE, DE LA DOULEUR AUSSI.
MAIS ELLE, ELLE N'OFFENSERA JAMAIS LE SEIGNEUR.
À LUI SEUL, ELLE CHANTERA LE POÈME DE SA VIE.
ELLE LUI EST OFFERTE AVANT DE NAÎTRE.
C'EST NOTRE OFFRANDE À LUI. GARÇON OU FILLE, ELLE FERA NOTRE JOIE PENDANT TROIS ANS ET NOUS LA DONNERONS AU SEIGNEUR.
ANNE, EN SERONS-NOUS CAPABLES ?
IL LE FAUT JOACHIM.
ELLE SERA MIEUX AU TEMPLE QUE CHEZ DES PARENTS SÉNILES.
ELLE EST À LUI COMME NOUS SOMMES À LUI.
11

TU ES VENUE JUSQU'ICI ?
LA MAISON EST CHAUDE COMME UN FOUR.
TU EN SOUFFRES ?
COMME TOUT LE MONDE, HOMMES ET BÊTES.
NE RESTE PAS TROP À LA CHALEUR, JOACHIM.
J'AI OUVERT DES CANAUX D'ARROSAGE, HEUREUSEMENT ON A LA SOURCE. MAIS JE NE FAIS QUE RETARDER LEUR MORT.
S'IL POUVAIT PLEUVOIR !
12

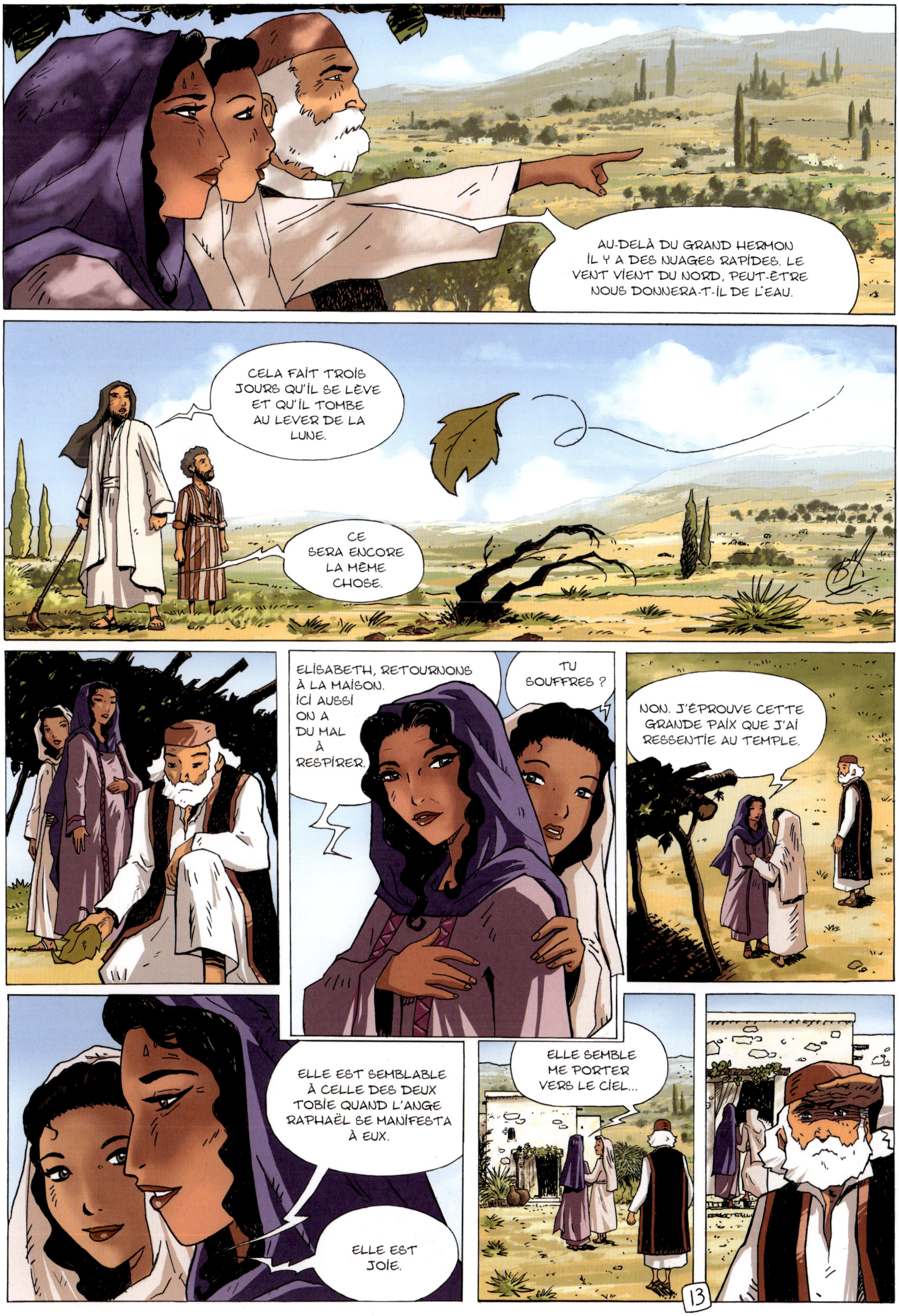
AU-DELÀ DU GRAND HERMON IL Y A DES NUAGES RAPIDES. LE VENT VIENT DU NORD, PEUT-ÊTRE NOUS DONNERA-T-IL DE L'EAU.
CELA FAIT TROIS JOURS QU'IL SE LÈVE ET QU'IL TOMBE AU LEVER DE LA LUNE.
CE SERA ENCORE LA MÊME CHOSE.
ELISABETH, RETOURNONS À LA MAISON. ICI AUSSI ON A DU MAL À RESPIRER.
TU SOUFFRES ?
NON. J'ÉPROUVE CETTE GRANDE PAIX QUE J'AI RESSENTIE AU TEMPLE.
ELLE EST SEMBLABLE À CELLE DES DEUX TOBIE QUAND L'ANGE RAPHAËL SE MANIFESTA À EUX.
ELLE EST JOIE.
ELLE SEMBLE ME PORTER VERS LE CIEL...
13

BRAOOM
AH BÉNÉDICTION QUE CETTE EAU TANT DÉSIRÉE SUR NOS TERRES ASSOIFFÉES.
DIEU SOIT LOUÉ !
JOACHIM ! REGARDE !
SI LA NUÉE SE DÉCHIRE, LA GRÊLE VA DÉTRUIRE LE RAISIN. MALHEUR À NOUS !
NON, REGARDE !
JOACHIM, C'EST POUR MAINTENANT.
!
COMMENT VA-T-ELLE ?
NE T'INQUIÈTE PAS. ELLE TE FAIT DIRE QUE TOUT SE PASSE BIEN.
JE COURS PRÉVENIR LES AUTRES FEMMES.
14
BRAOOM
TON ENFANT EST UNE BÉNÉDICTION.
LA PLUIE ARRIVE ENFIN !

QUE SE PASSE-T-IL ?
ELLE NE SOUFFRE PAS ?
TOUT VA TRÈS BIEN. LE BÉBÉ SE PRÉSENTE BIEN ET ANNE EST TRÈS PAISIBLE.
ELLE NE CRIE PAS ?
NON, ELLE N'EN A PAS ENVIE.
NE RIEZ PAS !
IL EST VRAI QUE JE SUIS HOMME ET QUE JE N'AI PAS ASSISTÉ À UN ENFANTEMENT,
MAIS TOUT LE MONDE SAIT QUE L'ABSENCE DE DOULEURS EST UN TRÈS MAUVAIS SIGNE.
SI ON CRIE, ILS ANGOISSENT AUSSI ! QUE LEUR FAUT-IL ?
QU'ON LES SERVE EN MÊME TEMPS, PEUT-ÊTRE !
15

ON DIRAIT QUE SATAN EST SORTI DE L'ENFER AVEC TOUS SES DIABLES.
REGARDE SES NUÉES NOIRES. IL EST FURIEUX CE SOIR.
UNE GRANDE PROIE LUI AURA ÉCHAPPÉ.
OU BIEN MICHEL L'A FRAPPÉ D' UN COUP DE FOUDRE DE DIEU.
IL SEMBLERAIT QUE LA GRÊLE SE SOIT ABATTUE PLUS LOIN.
16

ALLEZ ANNE, COURAGE.
ENCORE UN PEU.
L'ENFANT ARRIVE,
ON VOIT SA TÊTE.
VA PRÉVENIR JOACHIM.
!
IL VA NAÎTRE, ET TOUT A ÉTÉ AISÉ ET HEUREUX !
BRRAOM
KKRRAK
17

QUEL SPECTACLE ! J'AI JAMAIS VU ÇA.
REGARDEZ !
ON DIRAIT QU'IL ENCERCLE TOUTE LA TERRE D'ISRAËL.
COMME ELLE BRILLE CETTE ÉTOILE.
ON DIRAIT UN ÉNORME DIAMANT.
ELLE EST DÉJÀ LÀ, ALORS QUE LE SOLEIL N'EST PAS COUCHÉ.
ET LA LUNE, LA VOILÀ. QUELLE SPLENDEUR !
ELLE EST DÉJÀ PLEINE ?
IL MANQUE TROIS JOURS.
18

C' EST UNE FILLE.
19

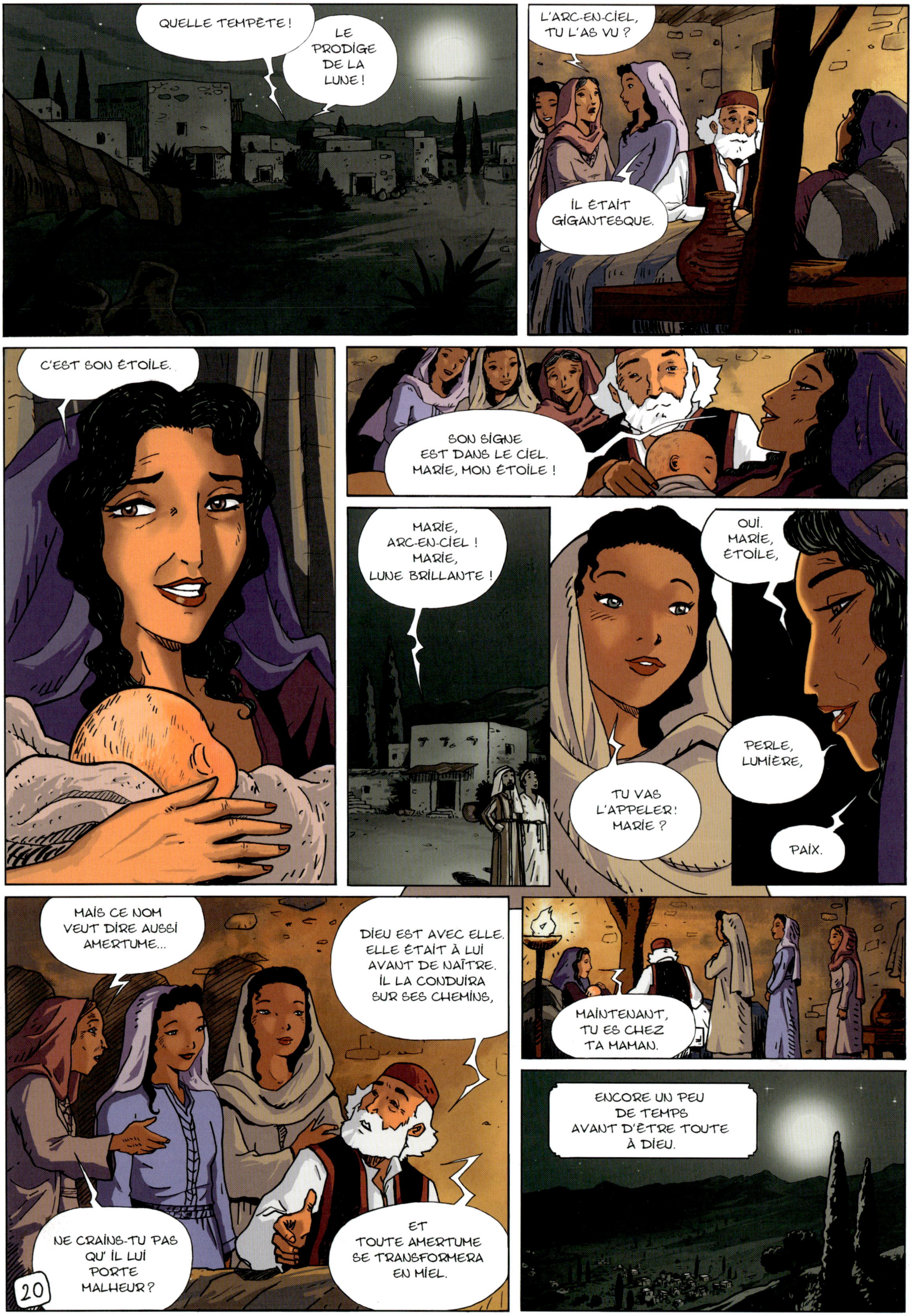
QUELLE TEMPÊTE !
LE PRODIGE DE LA LUNE !
L'ARC-EN-CIEL, TU L'AS VU ?
IL ÉTAIT GIGANTESQUE.
C'EST SON ÉTOILE.
SON SIGNE EST DANS LE CIEL. MARIE, MON ÉTOILE !
MARIE, ARC-EN-CIEL ! MARIE, LUNE BRILLANTE !
OUI. MARIE, ÉTOILE,
PERLE, LUMIÈRE,
TU VAS L'APPELER! MARIE ?
PAIX.
MAIS CE NOM VEUT DIRE AUSSI AMERTUME...
DIEU EST AVEC ELLE. ELLE ÉTAIT À LUI AVANT DE NAÎTRE. IL LA CONDUIRA SUR SES CHEMINS,
NE CRAINS-TU PAS QU' IL LUI PORTE MALHEUR ?
ET TOUTE AMERTUME SE TRANSFORMERA EN MIEL.
20
MAINTENANT, TU ES CHEZ TA MAMAN.
ENCORE UN PEU DE TEMPS AVANT D'ÊTRE TOUTE À DIEU.

JÉRUSALEM, QUELQUES MOIS PLUS TARD.
IL ME SEMBLE TE VOIR LE JOUR DE TON MARIAGE. JE N'ÉTAIS QU'UNE FILLETTE, MAIS JE ME SOUVIENS COMME TU ÉTAIS BELLE ET HEUREUSE.
MAIS AUJOURD' HUI JE LE SUIS DAVANTAGE. C'EST LA MÊME PARURE. JE L'AVAIS GARDÉE POUR CE JOUR DE FÊTE ET JE N'ESPÉRAIS PLUS LA REMETTRE.
LE SEIGNEUR T'A BEAUCOUP AIMÉE.
C'EST POUR ÇA QUE JE LUI DONNE CE QUE J'AI DE PLUS PRÉCIEUX.
COMMENT FERAS-TU POUR L'ARRACHER DE TON SEIN QUAND L'HEURE SERA VENUE ?
21

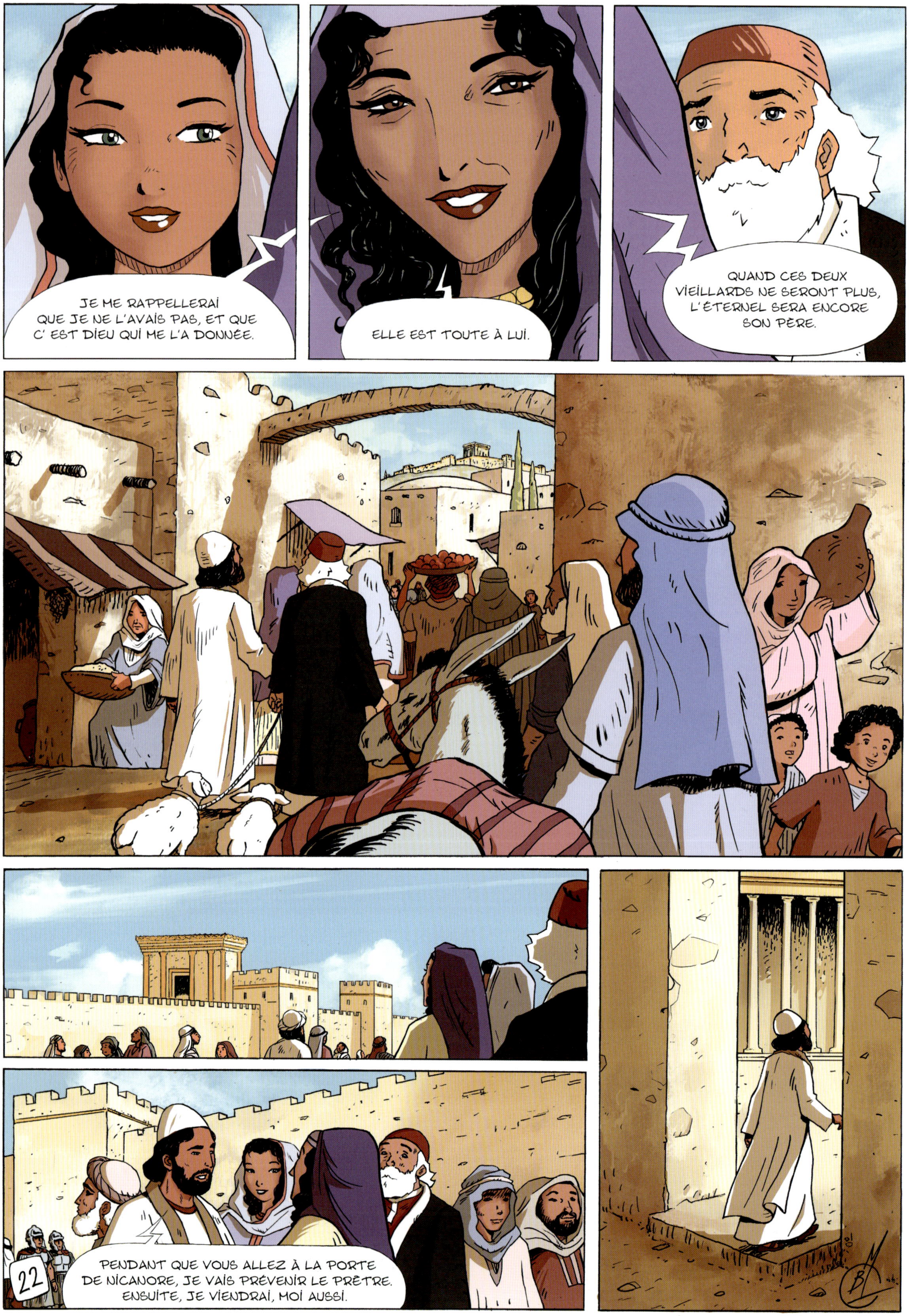
JE ME RAPPELLERAI QUE JE NE L'AVAIS PAS, ET QUE C' EST DIEU QUI ME L'A DONNÉE.
ELLE EST TOUTE À LUI.
QUAND CES DEUX VIEILLARDS NE SERONT PLUS, L'ÉTERNEL SERA ENCORE SON PÈRE.
22
PENDANT QUE VOUS ALLEZ À LA PORTE DE NICANORE, JE VAIS PRÉVENIR LE PRÊTRE. ENSUITE, JE VIENDRAI, MOI AUSSI.

QUE LA BÉNÉDICTION DE DIEU SOIT SUR LES ÉPOUX QUI ONT CRU
À LA PROMESSE DIVINE ET QUI ÉPROUVENT AUJOURD'HUI LES JOIES DE LA VIE MALGRÉ L'ÂGE.
CETTE FILLE EST DONC CONSACRÉE AU SEIGNEUR ? QUE SA BÉNÉDICTION L'ACCOMPAGNE ELLE AUSSI.
VOICI ANNE DE PHANUEL QUI ARRIVE. CE SERA UNE DE SES MAÎTRESSES.
VIENS FEMME, CET ENFANT ON L'OFFRE AU TEMPLE, TU SERAS SA MAÎTRESSE ET AVEC TOI ELLE GRANDIRA EN SAINTETÉ.
JE VOUDRAIS FAIRE L'OFFRANDE AU SEIGNEUR.
ET ME RENDRE LÀ D'OÙ VENAIT LA LUMIÈRE.
23

DANS TROIS ANS TU SERAS LÀ MON LYS.
ELLE SEMBLE COMPRENDRE. C'EST UNE BELLE PETITE. ELLE ME SERA CHÈRE. JE T'EN FAIS LA PROMESSE, MÈRE, SI L'ÂGE ME PERMET DE LA RÉALISER.
FEMME, TU SERAS LÀ. TU LA RECEVRAS PARMI LES JEUNES FILLES CONSACRÉES.
MOI AUSSI J'Y SERAI. JE VEUX Y ÊTRE CE JOUR-LÀ POUR LUI DIRE DE PRIER POUR NOUS.
24
TU AS DONNÉ TES DEUX PLUS BEAUX AGNEAUX ?
JE LES AURAIS TOUS DONNÉS POUR LOUER DIEU ET LE REMERCIER POUR CETTE JOIE !

DEUX ANS PLUS TARD, À NAZARETH
MAMAN ! MAMAN !
ELLES SONT TOUTES POUR TOI !
OH ! MERCI.
25

CELLE-CI, C'EST UNE ÉTOILE TOMBÉE DU CIEL POUR NOUS DONNER LA LUMIÈRE DE DIEU.
ET ELLE, ELLE A LA MÊME COULEUR QUE LES YEUX DE PAPA.
CETTE TOUTE PETITE, LA SEULE QUE J'AI TROUVÉE,
C'EST LE SEIGNEUR QUI L'A FAITE POUR ME DIRE QU'IL M'AIME.
ET CES COQUELICOTS ?
CE SONT DES VÊTEMENTS DU ROI DAVID. TOMBÉS PENDANT LES BATAILLES, SEMÉS COMME DES GRAINES.
PUIS ELLES ONT POUSSÉ ET ELLES SONT DEVENUES DES JOLIES FLEURS DE VICTOIRE.
C'EST PAPA QUI L'A CUEILLIE AU MILIEU DES RONCES.
ELLE ME FAIT PENSER AU GRAND ROI SALOMON, LORSQU'IL CHANTA DEVANT L'ARCHE, TOUT VÊTU DE BLANC.
JE VEUX ÊTRE PAREILLE ET CHANTER TOUTE MA VIE DEVANT LE TABERNACLE.
MA FILLE, QUI T'A DIT CES CHOSES SAINTES ? TON PÈRE ?
NON, J'AI L'IMPRESSION DE LES AVOIR TOUJOURS SUES. MAMAN, RACONTE-MOI UNE HISTOIRE DE DIEU ?
LAQUELLE VEUX-TU ENTENDRE ?
LA PAROLE DE GABRIEL À DANIEL, OÙ LE CHRIST NOUS EST PROMIS.
ET COMBIEN DE TEMPS FAUT-IL ENCORE POUR AVOIR L'EMMANUEL ?
TRENTE ANNÉES ENVIRON, MA CHÉRIE.
QUE DE TEMPS ENCORE ! JE SERAI AU TEMPLE... DIS-MOI, ET SI JE PRIAIS TANT ET TANT QUE L'ÉTERNEL NOUS LE DONNERAIT PLUS VITE ?
JE NE SAIS PAS, MON AIMÉE. LA PROPHÉTIE NE MENT PAS, MAIS LE SEIGNEUR EST SI BON. IL T'EXAUCERA.
ET ALORS, JE PRIERAI ET ME FERAI VIERGE POUR CELA.
SAIS-TU CE QUE CELA SIGNIFIE ?
ÇA VEUT DIRE NE PAS CONNAÎTRE D'AMOUR D'HOMME, MAIS SEULEMENT DE DIEU. CELA VEUT DIRE RESTER ENFANT DANS SA CHAIR ET ANGE DANS SON COEUR.
26

MAIS ALORS, TU N'AURAS PAS D'ENFANTS, TOI QUI AIMES TANT LES BÉBÉS.
QU'IMPORTE. JE SERAI AU TEMPLE ET JE POURRAI LE SERVIR, L'EMMANUEL ET CE SERA MA JOIE !
DIS-MOI MAMAN, PEUT-ON ÊTRE PÉCHERESSE POUR L'AMOUR DE DIEU ?
QUE VEUX-TU DIRE ? JE NE COMPRENDS PAS.
JE VOUDRAIS PÉCHER POUR QUE LE SAUVEUR POSE SUR MOI SON REGARD D'AMOUR. COMMENT PEUT-IL ME SAUVER SI JE NE ME PERDS PAS ?
IL T'A AIMÉE AUPARAVANT, IL SAIT QUE TU L'AIMES ET QUE TU NE VEUX AIMER QUE LUI.
VRAIMENT PÈRE ?
JE T'AI APPORTÉ CE PETIT PASSEREAU. IL VIENT DE FAIRE SON PREMIER VOL PRÈS DE LA FONTAINE. J'AURAIS PU LE LAISSER ALLER MAIS IL N'A PAS ASSEZ DE FORCES ENCORE, IL AURAIT PU TOMBER DANS L'EAU. JE N'AI PAS VOULU QUE CE MALHEUR ARRIVE.
ALORS JE L'AI PRIS ET JE TE LE DONNE.
OH, TU AS BIEN FAIT !
MAIS DIS-MOI MARIE, L'AI-JE MIEUX AIMÉ MAINTENANT...
...OU BIEN EN LE TIRANT DU DANGER APRÈS SA CHUTE ?
MAINTENANT, COMME ÇA IL NE S'EST PAS FAIT MAL.
C'EST LA MÊME CHOSE AVEC DIEU.
ET MOI JE SERAI COMME CET OISEAU.
IL CHANTERA DANS LES ARBRES ET JE CHANTERAI AU TEMPLE. DIS PAPA, QUAND ME CONDUIRAS-TU AU TEMPLE ?
BIENTÔT MA PERLE.
27

JÉRUSALEM, UN MATIN D'AUTOMNE.
ANNE AIMÉE.
JE SUIS AVEC TOI.
VIENS UN PEU DANS CETTE MAISON AMIE, PUIS NOUS IRONS ENSEMBLE.
28

NE CROIS PAS QUE JE DONNE À REGRET MON TRÉSOR...
C'EST MON VIEUX COEUR DE MÈRE QUI VA RETOURNER À SA SOLITUDE.
JE TE COMPRENDS, ANNE. MAIS TU ES BONNE ET DIEU TE RÉCONFORTERA.
JE PRIERAI POUR TOI ET POUR QUE DIEU TE DONNE LA PAIX.
AUX JUSTES LA PAIX DU SEIGNEUR.
DEMANDE POUR NOUS LA PAIX CAR NOTRE CŒUR TREMBLE.
NOUS SOMMES COMME ABRAHAM QUAND IL GRAVISSAIT LA MONTAGNE. MAIS NOUS NE TROUVERONS PAS DE BÉLIER POUR REMPLACER ISAAC. NE TE SCANDALISE PAS, TOI QUI ES PRÊTRE.
JAMAIS. VOTRE DOULEUR M'ENSEIGNE À AIMER LE TRÈS-HAUT. AYEZ CONFIANCE,
LA PROPHÉTESSE ANNE AURA GRAND SOIN D'ELLE. CE SERA L'UNIQUE VIERGE AU TEMPLE DE LA RACE DE DAVID ET D'AARON. ET SELON LA PROPHÉTIE...
IL MANQUE ENCORE SIX LUSTRES POUR ARRIVER A L'ÉPOQUE.
ESPÉRONS QUE MARIE SOIT LA PREMIÈRE DE PLUSIEURS VIERGES DAVIDIENNES DEVANT LE VOILE.
29

ZACHARIE A SES ENTRÉES EN TANT QUE PRÊTRE.
J'EN PROFITERAI POUR VEILLER SUR ELLE ET ELISABETH VIENDRA LA VOIR.
J'AI GRAND BESOIN DE DIEU,
ET JE VEUX QU'ELLE LE DISE À L'ÉTERNEL.
TU AS FILÉ DU NOUVEAU BYSSUS?
C'EST MON VOILE DE MARIÉE. JE LE CONSACRE AVEC ELLE AU SEIGNEUR.
LES RESSOURCES ONT BIEN DIMINUÉ.
VOILÀ UN RICHE TROUSSEAU POUR SON SÉJOUR AU TEMPLE.
ET POUR LE JOUR DE SES NOCES. MÊME SI JE NE SUIS PLUS LÀ, CE SERA MA MAIN QUI L'HABILLERA.
OH ! POURQUOI CES TRISTES PENSÉES ?
JE SUIS VIEILLE, COUSINE. LES DERNIÈRES FORCES DE MA VIE
JE LES AI DONNÉES À CETTE PERLE, ET MAINTENANT LA DOULEUR LES DISSIPE.
30

NOUS SOMMES ENTRE LA TROISIÈME ET LA SIXIÈME HEURE, C'EST LE MOMENT D'Y ALLER.
PÈRE ! MÈRE ! VOTRE BÉNÉDICTION !
31

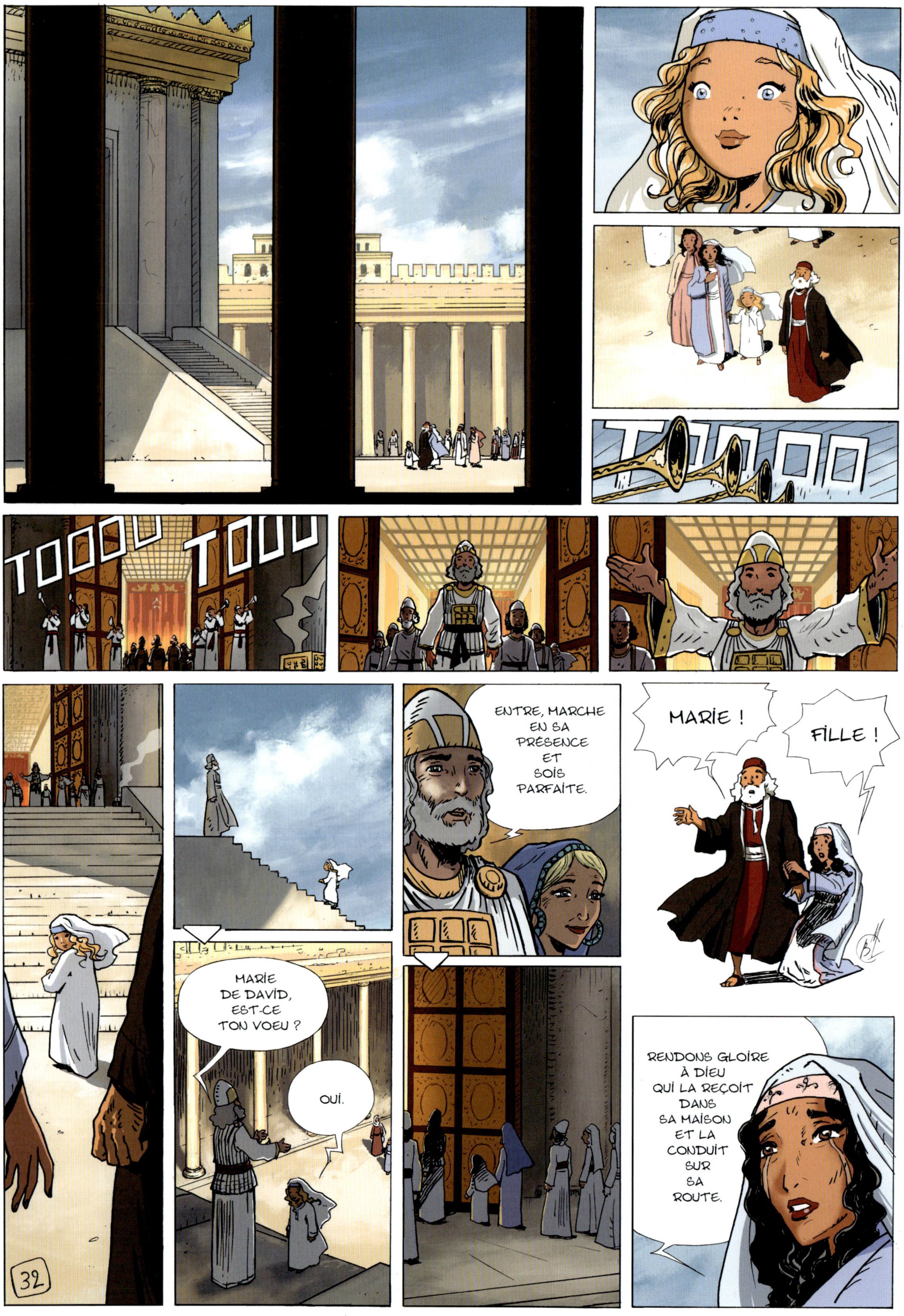
TOOOO
TOOOO TOOO
ENTRE, MARCHE EN SA PRÉSENCE ET SOIS PARFAITE.
MARIE !
FILLE !
MARIE DE DAVID, EST-CE TON VOEU ?
OUI.
RENDONS GLOIRE À DIEU QUI LA REÇOIT DANS SA MAISON ET LA CONDUIT SUR SA ROUTE.
32

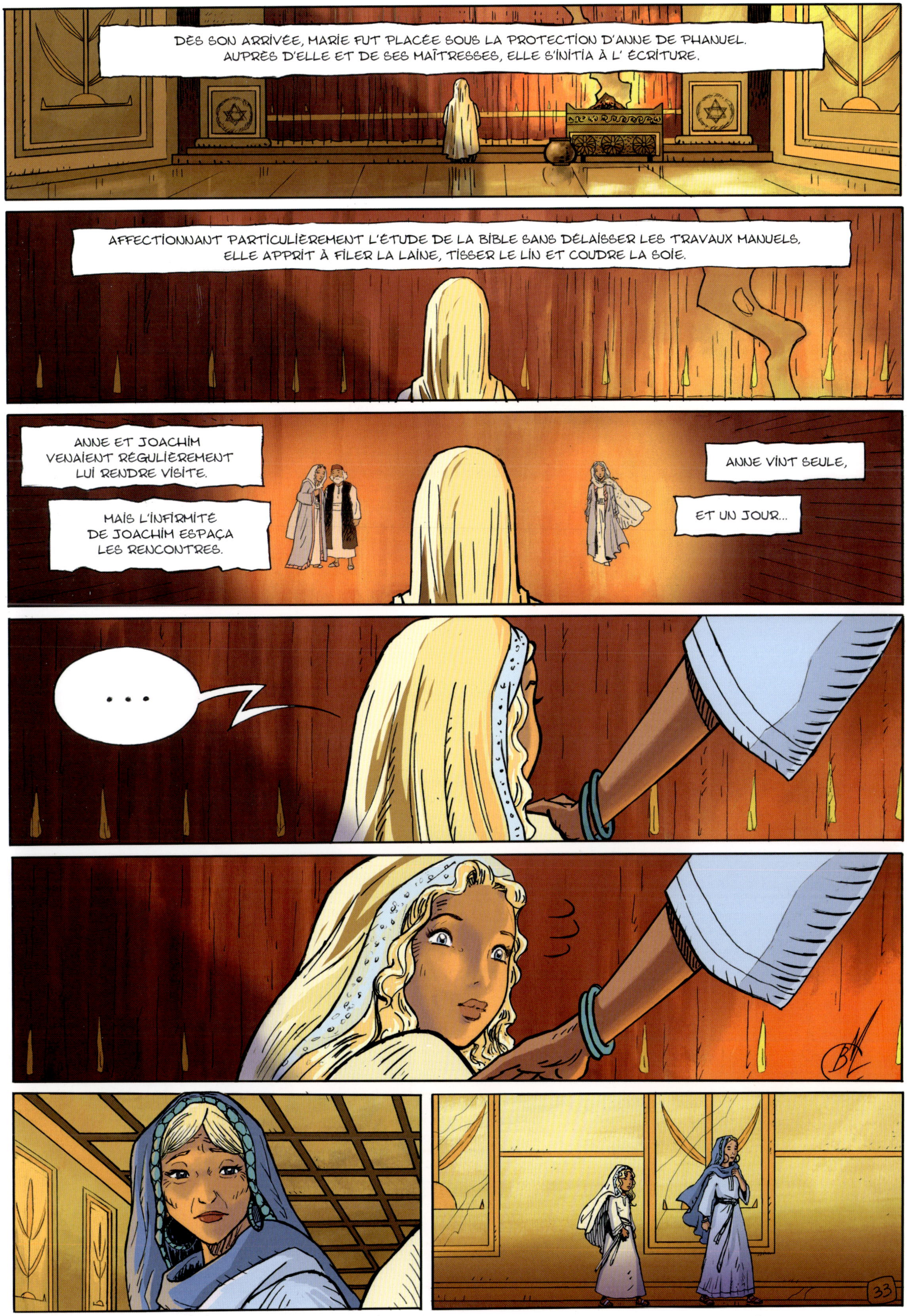

DÈS SON ARRIVÉE, MARIE FUT PLACÉE SOUS LA PROTECTION D'ANNE DE PHANUEL. AUPRÈS D'ELLE ET DE SES MAÎTRESSES, ELLE S'INITIA À L' ÉCRITURE.
AFFECTIONNANT PARTICULIÈREMENT L'ÉTUDE DE LA BIBLE SANS DÉLAISSER LES TRAVAUX MANUELS, ELLE APPRIT À FILER LA LAINE, TISSER LE LIN ET COUDRE LA SOIE.
ANNE ET JOACHIM VENAIENT RÉGULIÈREMENT LUI RENDRE VISITE.
MAIS L'INFIRMITÉ DE JOACHIM ESPAÇA LES RENCONTRES.
ANNE VINT SEULE,
ET UN JOUR...
...
33

PAIX SUR TOI, ZACHARIE.
JE T'ÉCOUTE.
PAIX MARIE, ET PAIX SUR MES LÈVRES QUI DOIVENT T'ANNONCER DE TRISTES NOUVELLES.
APRÈS UNE VIE SAINTE ET JUSTE, ANNE, TA MÈRE, S'EST ENDORMIE DANS LA PAIX DE DIEU, ET A REJOINT JOACHIM.
34
TU ES ORPHELINE.
COMME LE DIT LA LOI,
TU ES DÉSORMAIS SOUS LA TUTELLE DU GRAND PRÊTRE. IL EST POUR TOI COMME UN PÈRE JUSQU'À CE QUE TU TE MARIES.
JE LUI SERAI OBEISSANTE.

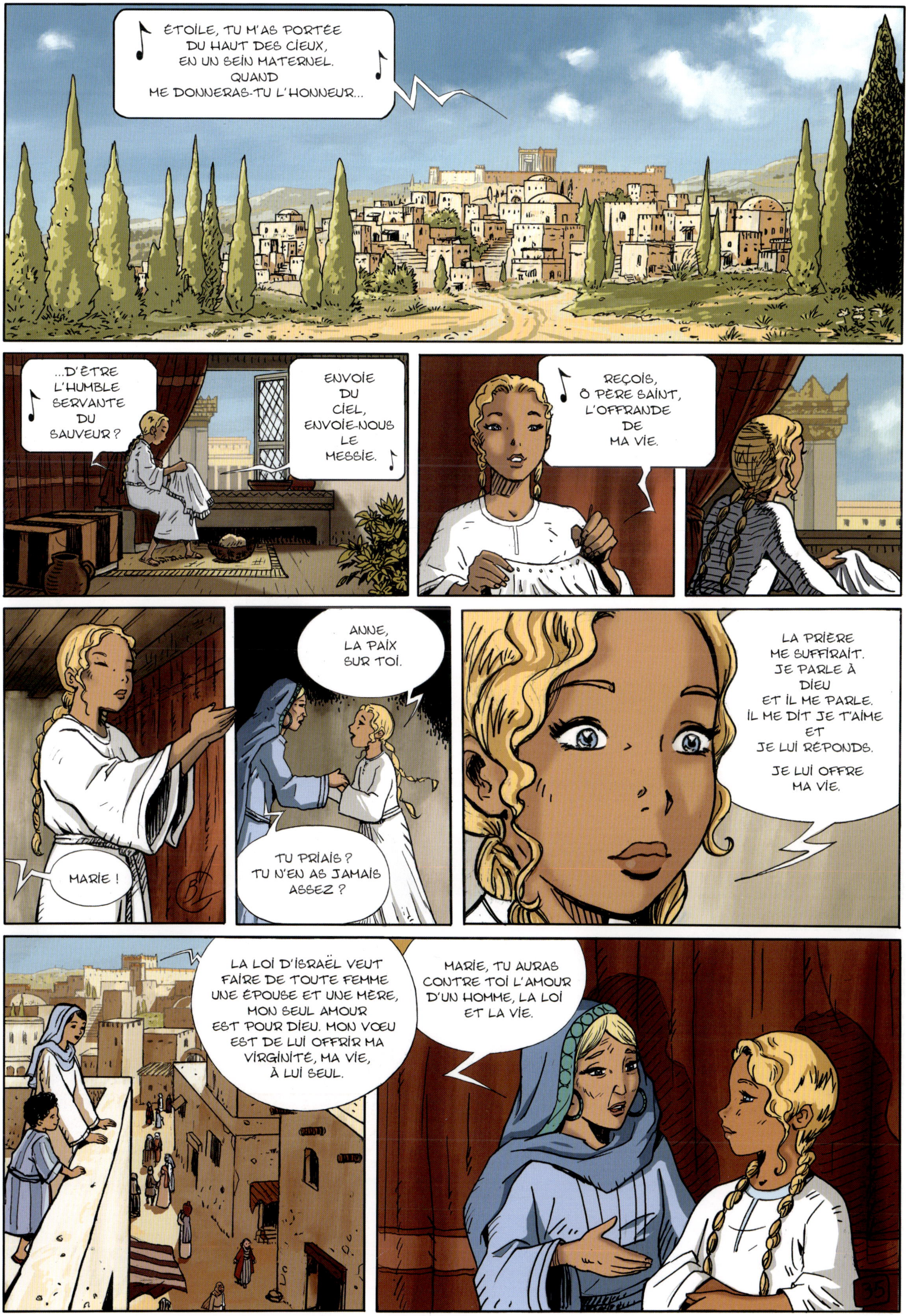
ÉTOILE, TU M'AS PORTÉE DU HAUT DES CIEUX, EN UN SEIN MATERNEL. QUAND ME DONNERAS-TU L'HONNEUR...
...D'ÊTRE L'HUMBLE SERVANTE DU SAUVEUR ?
ENVOIE DU CIEL, ENVOIE-NOUS LE MESSIE.
REÇOIS, Ô PÈRE SAINT, L'OFFRANDE DE MA VIE.
MARIE !
ANNE, LA PAIX SUR TOI.
TU PRIAIS ? TU N'EN AS JAMAIS ASSEZ ?
LA PRIÈRE ME SUFFIRAIT. JE PARLE À DIEU ET IL ME PARLE. IL ME DIT JE T'AIME ET JE LUI RÉPONDS.
JE LUI OFFRE MA VIE.
LA LOI D'ISRAËL VEUT FAIRE DE TOUTE FEMME UNE ÉPOUSE ET UNE MÈRE, MON SEUL AMOUR EST POUR DIEU. MON VOEU EST DE LUI OFFRIR MA VIRGINITÉ, MA VIE, À LUI SEUL.
MARIE, TU AURAS CONTRE TOI L'AMOUR D'UN HOMME, LA LOI ET LA VIE.

L'AMOUR ET LA VIE VIENNENT DE DIEU, IL EST AVEC MOI. JE NE BLASPHÈME PAS, MAIS JE PENSE QUE LA LOI VA CHANGER.
QUI LE FERA SI ELLE EST DIVINE ?
CELUI QUI A REÇU LE POUVOIR PAR DIEU.
LE MESSIE.
JE VOUDRAIS TANT SERVIR LA VIERGE QUI L'ENFANTERA.
JE SERAI SA SERVANTE, POUR ÊTRE PRÈS DU CHRIST ET QU'IL POSE SON REGARD SUR MOI.
TU DEVRAIS ÊTRE SA MÈRE... C'EST POUR CELA QUE TU VEUX RESTER VIERGE ?
OH NON !
LA VIERGE DOIT ÊTRE TOUTE PURETÉ. JE N'AI PAS CETTE AMBITION. ET SA SOUFFRANCE...
QUELLE SOUFFRANCE ?
L' HOMME DES DOULEURS QU'A VU ISAÏE, LES MILLE BLESSURES POUR NOUS RACHETER DU PÉCHÉ.
AS-TU PENSÉ À SA MÈRE QUI VERRA LE CORPS DE SON ENFANT, DÉFIGURÉ PAR LA HAINE DES HOMMES ?
OH PARDON ! TU ES MAÎTRESSE ET JE SUIS TA SERVANTE. ANNE, PARDONNE-MOI.
MARIE, AS-TU AUTRE CHOSE À M'ENSEIGNER ?
36

MARIE,
LE GRAND PRÊTRE SOUHAITE TE VOIR. IL T'ATTEND.
J'Y VAIS TOUT DE SUITE.

AVANCE MARIE. N'AIE PAS PEUR.
LA PAIX À TOI COUSINE.
ELLE EST VISIBLE EN ELLE LA RACE DE DAVID ET D'AARON.
FILLE, JE CONNAIS TA GRÂCE ET TA BONTÉ. TU ES LA FLEUR DU TEMPLE ET JE VOUDRAIS QUE LE PARFUM DE TA VIE CONTINUE DE MONTER AVEC L'ENCENS DE CHAQUE NOUVELLE JOURNÉE. MAIS LA LOI DIT D'AUTRES CHOSES.
DÉSORMAIS TU ES DEVENUE FEMME ET EN ISRAËL, CHAQUE FEMME DOIT ÊTRE ÉPOUSE, PUIS MÈRE, SI DIEU LE VEUT.
TU SUIVRAS LE COMMANDEMENT DE LA LOI.
NE ROUGIS PAS, FILLE DE DAVID.
TU ES DE DESCENDANCE ROYALE. ET LA LOI TE DEMANDE DE TE MARIER AVEC UN HOMME DE TA LIGNÉE. EN CONNAIS-TU UN ?
PERSONNE.
ELLE NE PEUT CONNAÎTRE UN HOMME CAR ELLE EST ENTRÉE ICI TOUTE PETITE. LA RACE DE DAVID A ÉTÉ PERSÉCUTÉE ET DISPERSÉE POUR ÉVITER À SES BRANCHES DE SE RASSEMBLER.
ALORS NOUS LAISSERONS LE CHOIX À DIEU.
38

MARIE S'EST PROMISE TOUT ENTIÈRE AU SEIGNEUR POUR LE SALUT D' ISRAËL.
CECI CONFIRME TOUT CE QUI M'A ÉTÉ DIT DE TOI. DEPUIS COMBIEN D'ANNÉES AS-TU FAIT CE VOEU ?
DEPUIS TOUJOURS JE CROIS...
N'ES-TU PAS LA PETITE QUI M'A DEMANDÉ D' ENTRER IL Y A DE CELA DOUZE HIVERS ?
C'EST MOI.
COMMENT PEUX-TU DIRE QU'À CE MOMENT DÉJÀ TU APPARTENAIS À DIEU ?
JE NE SAURAIS DIRE À QUEL MOMENT CE FUT EXACTEMENT...
39

MARIE
MARIE

LÀ, DANS LA SIMPLICITÉ DE LA GROTTE,
J'AIMAIS PRIER.
MARIE, VIENS, N'AIE PAS PEUR.
JE N'AI PAS PEUR.
VIENS MON AIMÉE, JE SUIS CELUI QUI EST.
ME VOICI, JE VIENS. JE SUIS À TOI,
JE TE DONNE MA VIE SEIGNEUR.
MAINTENANT, J'OBÉIS PRÊTRE.
MAIS COMMENT DOIS-JE AGIR ?
DIEU TE DONNERA UN ÉPOUX SAINT ET TU LUI DIRAS TON VŒU.
ACCEPTERA-T-IL ?
S'IL EST SAINT ET QU'IL T'AIME, OUI, JE L'ESPÈRE. PRIE POUR LUI, POUR QU'IL COMPRENNE.
VA MAINTENANT, QUE DIEU T'ACCOMPAGNE.
41

À NAZARETH, DANS LA SYNAGOGUE.
C'EST UN MESSAGE DU GRAND PRÊTRE, ADRESSÉ AUX HOMMES CÉLIBATAIRES OU VEUFS, DESCENDANTS DE LA RACE DE DAVID.
VOUS ÊTES INVITÉS À COUPER UN RAMEAU, À GRAVER VOTRE NOM DESSUS PUIS A L'APPORTER AU TEMPLE.
ET TOI, CHARPENTIER,
N'ES-TU PAS DE LA RACE DE DAVID ?
TU VAS COUPER UN RAMEAU ?
SI LE PRÊTRE LE DEMANDE, C'EST QU'IL LE FAUT BIEN.
42

AU TEMPLE, QUELQUES MOIS PLUS TARD...

TU CONNAIS LA VIERGE ?
ELLE EST DE NAZARETH, JE L'AI CONNUE ENFANT.
ON DIT AUSSI QU'ELLE EST TOUTE BONTÉ, COMME L'ÉTAIENT SES PARENTS.
ON DIT QUE C'EST UNE BELLE FEMME, TRÈS BELLE MAIS AUSSI, TRÈS PAUVRE.
TU LA MÉRITERAIS BIEN.
NON, JE NE CROIS PAS.
LE PLUS HUMBLE, C'EST LUI L'ÉLU.
44
C'EST UNE BRANCHE D'AMANDIER.
IMPOSSIBLE !
TOOO

HOMMES DE LA RACE DE DAVID, LE SEIGNEUR A PARLÉ,
LE SEIGNEUR A CHOISI. UN RAYON DE LUMIÈRE EST DESCENDU POUR DONNER VIE À UN RAMEAU SEC, ALORS QU'AUCUN ARBRE N'EST FLEURI EN CETTE SAISON.
IL DOIT ÊTRE JUSTE L'ÉLU DU SEIGNEUR, POUR ÊTRE LE TUTEUR DE LA JEUNE FILLE QUI LUI EST SI CHÈRE.
À CELUI QUE DIEU A DESIGNÉ, NOUS LA CONFIONS EN TOUTE SÉCURITÉ.
JOSEPH DE JACOB, DE LA TRIBU DE DAVID, CHARPENTIER À NAZARETH, AVANCE.
ELLE N'EST PAS RICHE ET TU LE SAIS. L'ÉPOUSE QUE DIEU TE DONNE EST TOUTE VERTU, SOIS-EN TOUJOURS PLUS DIGNE.
IL N'Y A PAS UNE FLEUR COMME ELLE EN ISRAËL.
SEUL JOSEPH EST INVITÉ À RESTER.
JE TE L'AVAIS DIT, JOSEPH. CELUI QUI SE SENT LE MOINS SÛR, GAGNE LA PARTIE.
45

MARIE DOIT TE DIRE LE VOEU QU'ELLE A FAIT. AIDE SA TIMIDITÉ ET SOIS DOUX.
JE ME METTRAI À SON SERVICE
ET POUR ELLE, AUCUN SACRIFICE NE ME PÈSERA.
ENTRE MARIE, VOICI L'ÉPOUX QUE DIEU TE DESTINE.
C'EST JOSEPH DE NAZARETH.
TU RETOURNERAS DANS TA CITÉ. MAINTENANT JE VOUS LAISSE POUR QUE VOUS FASSIEZ CONNAISSANCE.
QUE LE SEIGNEUR VOUS GARDE ET VOUS BÉNISSE, QU'IL VOUS MONTRE SA FACE ET VOUS PRENNE EN PITIÉ, QU' IL TOURNE VERS VOUS SON VISAGE ET VOUS DONNE LA PAIX.
46
JE T'AI CONNUE TOUTE PETITE.

ET ALPHÉE, MON NEVEU, ÉTAIT SOUVENT CHEZ TES PARENTS. TON PÈRE ÉTAIT UN AMI ET À NAZARETH, TOUT LE MONDE TE CONNAÎT ET PARLE DE LA PETITE MARIE DE JOACHIM. QUAND TU ES NÉE, JE FAISAIS MON APPRENTISSAGE ET C'EST TA MÈRE QUI M'A DEMANDÉ DE FABRIQUER TON BERCEAU. QUI M'AURAIT DIT QUE JE T'AURAIS COMME ÉPOUSE ? J'AI ENSEVELI TON PÈRE, LE PLEURANT D'UN CŒUR SINCÈRE, CAR IL AVAIT ÉTÉ UN BON MAÎTRE DANS MA VIE.
MERCI, JOSEPH.
BEAUCOUP DES BIENS DE TES PARENTS NE SONT PLUS COMME JADIS, MAIS LA PETITE MAISON EST INTACTE.
VOILÀ TROIS HIVERS QUE PERSONNE N'Y A TOUCHÉ MAIS JE M'EN OCCUPERAI DÈS MON RETOUR.
MERCI JOSEPH, MAIS TU AS DÉJÀ TON TRAVAIL.
J'Y TRAVAILLERAI AUX PREMIÈRES ET DERNIÈRES HEURES DU JOUR.
REGARDE CE RAMEAU. IL VIENT DE L'AMANDIER QUI TOUCHE LA MAISON. JE L'AI CUEILLI POUR TE FAIRE PLAISIR, AU CAS OÙ LE CHOIX SERAIT TOMBÉ SUR MOI. IL EST À TOI, JE TE LE DONNE ET AVEC LUI, MON CŒUR QUI JUSQU'À PRÉSENT N'A AIMÉ QUE LE SEIGNEUR. JE SUIS NAZIRÉEN.
MOI AUSSI J'APPARTIENS TOUTE À DIEU. ENFANT, JE ME SUIS CONSACRÉE AU SEIGNEUR, EN SACRIFICE D'AMOUR POUR HÂTER LA VENUE DU MESSIE.
J'UNIRAI MON SACRIFICE AU TIEN. IL PLAIRA À DIEU ET NOUS VERRONS SA LUMIÈRE RESPLENDIR SUR LE MONDE.
DANS MA MAISON, IL Y AVAIT UNE GROTTE, Y EST-ELLE ENCORE ?
ELLE NE T'APPARTIENT PLUS, MAIS JE T'EN FERAI UNE OÙ TU POURRAS TE RETIRER PENDANT LES HEURES CHAUDES DE L'ÉTÉ. QUAND DOIS-JE VENIR TE CHERCHER ?
QUAND TU VEUX JOSEPH.
JE VIENDRAI DÈS QUE LA MAISON SERA RANGÉE. JE VEUX QUE TU LA TROUVES COMME TA MÈRE L'AURAIT VOULUE, PROPRE ET LUMINEUSE.
VIENS MARIE, ALLONS DIRE AU TRÈS-HAUT QUE NOUS LE BÉNISSONS.

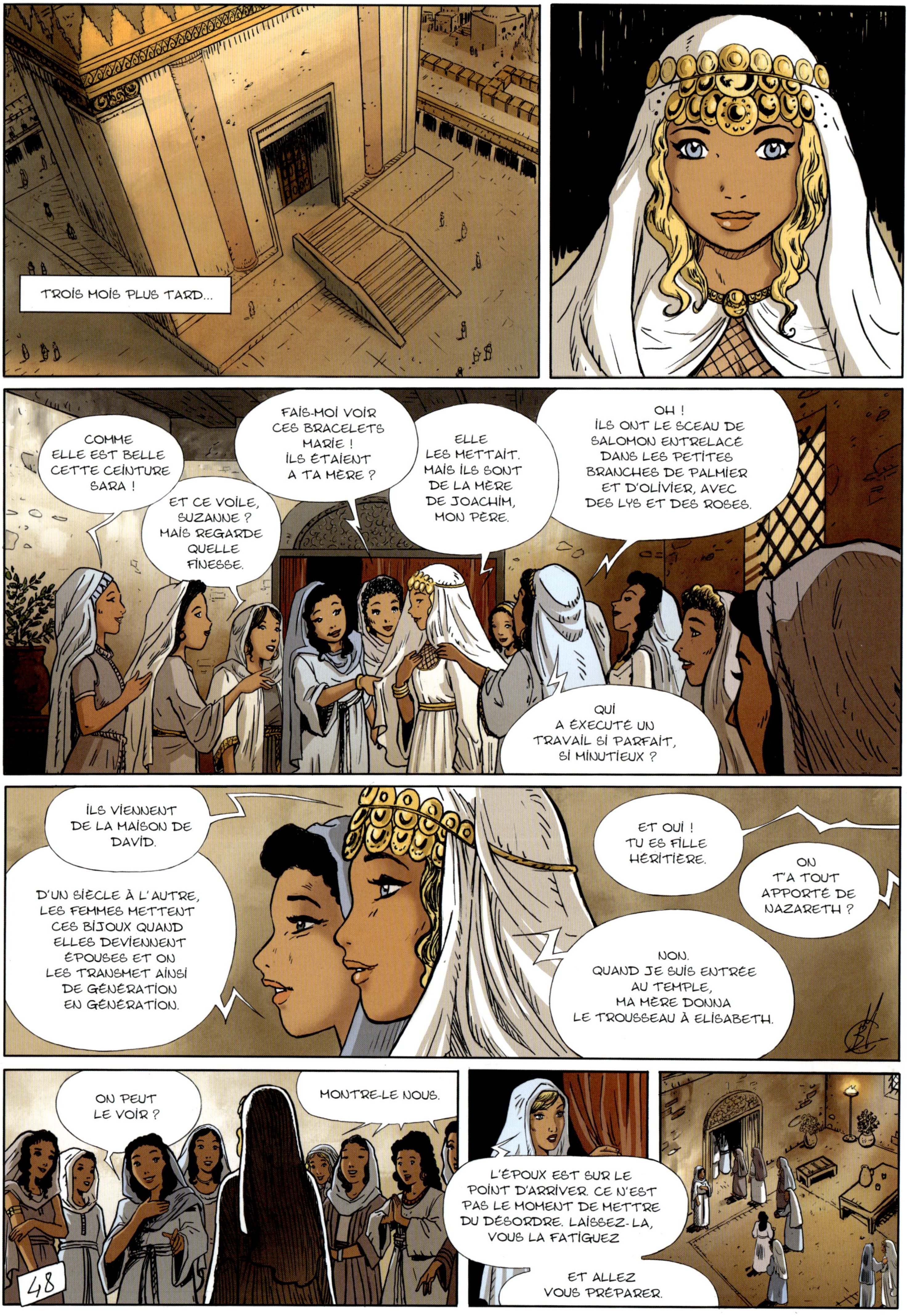
TROIS MOIS PLUS TARD...
COMME ELLE EST BELLE CETTE CEINTURE SARA !
ET CE VOILE, SUZANNE ? MAIS REGARDE QUELLE FINESSE.
FAIS-MOI VOIR CES BRACELETS MARIE ! ILS ÉTAIENT A TA MÈRE ?
ELLE LES METTAIT. MAIS ILS SONT DE LA MÈRE DE JOACHIM, MON PÈRE.
OH ! ILS ONT LE SCEAU DE SALOMON ENTRELACÉ DANS LES PETITES BRANCHES DE PALMIER ET D'OLIVIER, AVEC DES LYS ET DES ROSES.
QUI A EXÉCUTÉ UN TRAVAIL SI PARFAIT, SI MINUTIEUX ?
ILS VIENNENT DE LA MAISON DE DAVID.
D'UN SIÈCLE À L'AUTRE, LES FEMMES METTENT CES BIJOUX QUAND ELLES DEVIENNENT ÉPOUSES ET ON LES TRANSMET AINSI DE GÉNÉRATION EN GÉNÉRATION.
ET OUI ! TU ES FILLE HÉRITIÈRE.
ON T'A TOUT APPORTÉ DE NAZARETH ?
NON. QUAND JE SUIS ENTRÉE AU TEMPLE, MA MÈRE DONNA LE TROUSSEAU À ELISABETH.
ON PEUT LE VOIR ?
MONTRE-LE NOUS.
48
L'ÉPOUX EST SUR LE POINT D'ARRIVER. CE N'EST PAS LE MOMENT DE METTRE DU DÉSORDRE. LAISSEZ-LA, VOUS LA FATIGUEZ
ET ALLEZ VOUS PRÉPARER.

MARIE, TA MÈRE N'EST PLUS LÀ MAIS C'EST SA MAIN QUI T'HABILLE. LES EFFETS QUE TU PORTES TE DONNENT SA CARESSE.
OH OUI, C'EST VRAI ! EN MOINS DE DEUX MOIS, IL EST VENU DEUX FOIS POUR PRENDRE MES ORDRES COMME IL DIT. AVANT QUE JE NE LUI DISE MES SOUHAITS, IL ME LES SUGGERAIT, COMME SI UN ANGE LUI AVAIT PARLÉ.
SOIS JOYEUSE MARIE. TU AS UN ÉPOUX PARFAIT.
QU'A-T-IL DIT DE TON VŒU ?
IL N'A PAS FAIT D'OBJECTION. IL A DIT : J'UNIRAI MON SACRIFICE AU TIEN.
C'EST UN JEUNE SAINT !
PAIX À TOI MON ÉPOUSE ! PAIX À TOUS.
PAIX À TOI, JOSEPH.
J'AI VU TA JOIE LORSQUE TU AS REVU LE RAMEAU D'AMANDIER.
VOICI LA MYRTE QUI POUSSE PRÈS DE LA GROTTE QUI T'EST SI CHÈRE.
OH MERCI ! COMME TU ES BON ! COMMENT AS-TU PU L'APPORTER AUSSI FRAIS JUSQU'ICI ?
J'AI ATTACHÉ UN VASE À LA SELLE ET LES BRANCHES ÉTAIENT ENCORE EN BOUTON. LE LONG DU CHEMIN ELLES ONT FLEURI.
49

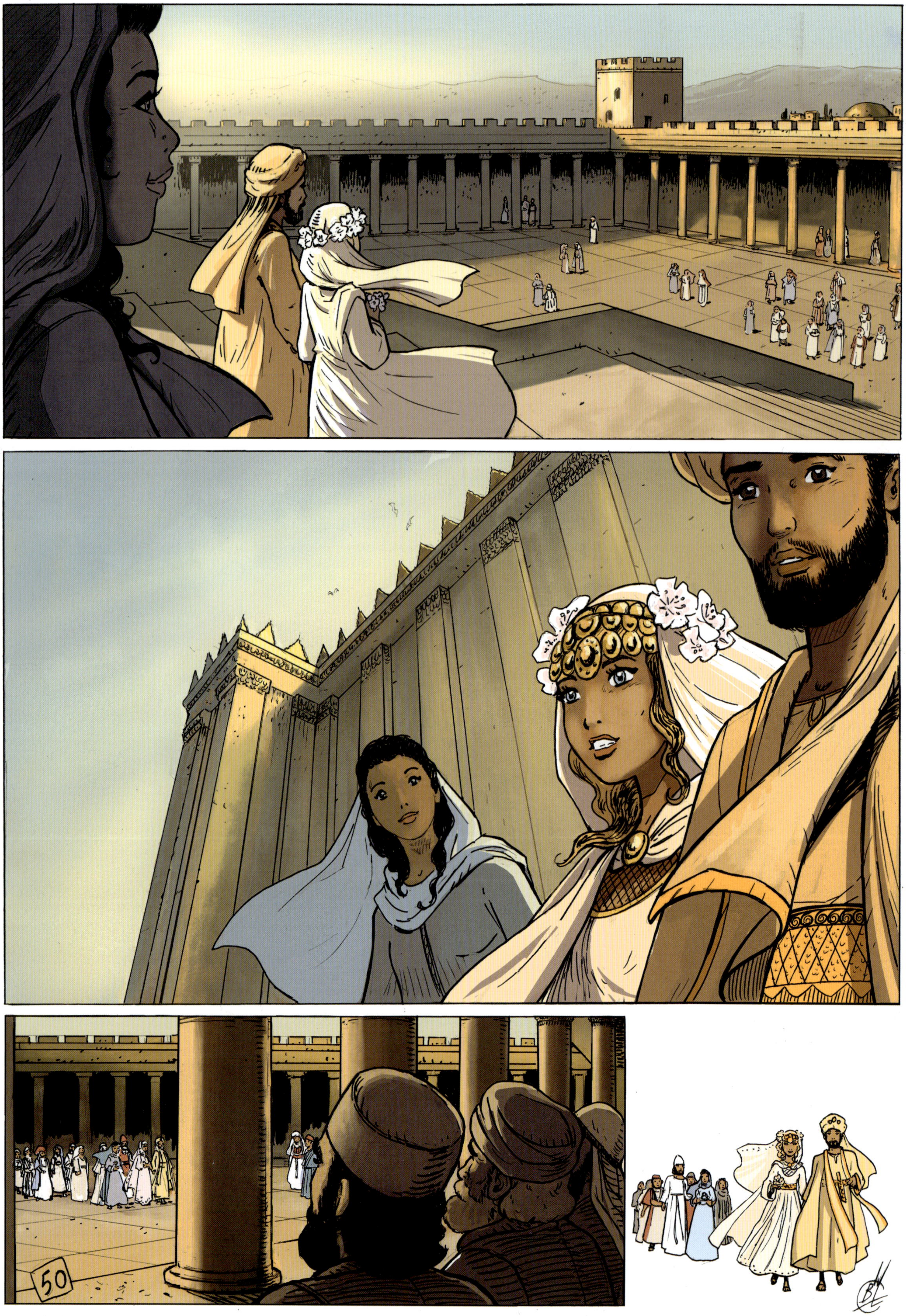
50

QUE LE DIEU D'ABRAHAM, D'ISAAC ET DE JACOB SOIT AVEC VOUS, QU'IL VOUS UNISSE ET RÉALISE EN VOUS SA BÉNÉDICTION...
EN VOUS DONNANT SA PAIX ET UNE NOMBREUSE POSTÉRITÉ
AINSI QU'UNE LONGUE VIE ET UNE MORT BIENHEUREUSE DANS LE SEIN D'ABRAHAM.
51